Gemeinde Dümmer
Die Chroniken des ewigen Wissens

Herold zu Moschdehner

Gemeinde Dümmer

Die Chroniken des ewigen Wissens

Bibliografische Information der Deutschen Nationalbibliothek
Die Deutsche Nationalbibliothek verzeichnet diese Publikation in der Deutschen Nationalbibliografie; detaillierte bibliografische Daten sind im Internet über http://dnb.d-nb.de abrufbar.

ISBN: 978-3-7583-1974-7

9,99 Euro

Vorwort

Inmitten der stillen Landschaft Mecklenburgs, umgeben von Feldern und Wäldern, soll ein Dorf existiert haben, das den Verlauf der Zeit überlistete. Ein Ort, verborgen vor den Augen der Welt, der nur für jene sichtbar wurde, die sich in die Ungewissheit wagten. Dümmer – ein Name, der aus der Geschichte zu fallen scheint und dennoch in alten Berichten, Briefen und Chroniken immer wieder auftaucht. Historische Aufzeichnungen sprechen von unheimlichen Begegnungen, verschwundenen Reisenden und einer Gemeinschaft, die sich von den Erinnerungen und Gedanken ihrer Besucher nährte, um in einem ewigen Kreislauf zu existieren.

Dieses Buch ist eine Reise durch diese Spuren. Aus Tagebucheinträgen, alten Manuskripten und vergessenen Briefen ergibt sich das Bild eines Ortes, der die Grenzen der Realität überschreitet. Die Geschichte von Dümmer ist eine, die den Leser nicht nur mit einem unheilvollen Rätsel konfrontiert, sondern mit einer Frage, die uns seit jeher beschäftigt: Können Erinnerungen und Wissen eine eigene, unsterbliche Existenz schaffen?

Dümmer steht als Symbol für die dunklen Winkel der Geschichte, in denen das Unbekannte und das Übernatürliche auf uns lauern. Dies ist kein gewöhnlicher Ort, sondern eine Legende, die darauf wartet, vom nächsten Wanderer entdeckt zu werden. Einem Wanderer, der sich unwissentlich auf den Pfad begibt und das Erbe

jener aufnimmt, die für immer in den Schatten
verschwanden.

Kapitel 1: Der Ankömmling

Die Sonne neigte sich über die weiten Felder, als Felix Winter in Dümmer ankam, ein Ort, den die Landkarten nur halbherzig verzeichneten, und der wohl auch den wenigsten bekannt war. Doch Felix, ein leidenschaftlicher Geschichtslehrer und Naturliebhaber, hatte schon immer einen Hang zu den versteckten Orten. Der Tag neigte sich bereits dem Abend zu, und die Stille, die ihn umfing, als er seinen kleinen Rucksack schulterte und sich umsah, wirkte wie eine dicke, unsichtbare Decke, die den Ort von der Welt abgrenzte. Es war eine Stille, die unnatürlich erschien – selbst in einem abgelegenen Dorf.
Felix hätte seine Wanderung eigentlich in der nächsten Stadt beenden und den Zug zurück nach Hause nehmen sollen, doch die Straße zu Dümmer, eine von Kopfsteinpflaster gesäumte, schmale Gasse, hatte ihn gereizt. Alte Holzschilder, die von Wind und Regen zerfressen waren, standen am Rand der Straße, als würden sie die Ankunft eines Fremden längst erwarten. Dümmer selbst schien eine Sammlung von Häusern zu sein, die in der Zeit eingefroren waren. Die Dächer aus roten Ziegeln waren verwaschen, und die Fassaden wirkten, als hätten sie seit Jahrzehnten keine Pinselstriche gesehen. Überall hingen Blumenkästen, doch die Blumen darin waren perfekt – keine verwelkten Blätter, keine abgefallenen Blüten, als ob sie stets in diesem Zustand verharrten, ein wenig zu lebendig, um real zu sein.

Ein paar der Dorfbewohner bemerkten seine Ankunft und beobachteten ihn aus der Ferne. Ihre Gesichter, blass und regungslos wie Masken, zeigten weder Überraschung noch Neugier. Es war fast so, als wäre seine Ankunft in ihr Leben geschrieben worden, eine Rolle, die sie in endloser Wiederholung spielten.

Felix trat auf eine kleine Terrasse zu, die von einer älteren Frau mit straffem Knoten und einer hageren Gestalt eingerahmt wurde. Sie saß auf einem kunstvoll geschnitzten Stuhl und blätterte in einer Zeitung, die alt genug aussah, um längst zerfallen zu sein, und doch las sie sie aufmerksam, wie eine Abendlektüre.

„Guten Abend," sagte Felix, und seine Stimme hallte in der Stille wider, als hätte sie das Gewicht von Steinen. Die Frau hob den Blick und musterte ihn mit einer Mischung aus Misstrauen und einer seltsamen Erwartung, die Felix irritierte.

„Ein Fremder? So spät am Tag?" fragte sie. Ihre Stimme war rau und brüchig, als sei sie wenig geübt, Fremden Worte zuzuwerfen.

„Ich war auf einer Wanderung und bin... vom Weg abgekommen," antwortete Felix zögerlich. „Ihr Dorf schien so ruhig und... ungewöhnlich."

„Ja, das ist es," sagte sie mit einem Lächeln, das nicht bis in ihre Augen reichte. „Dümmer ist ein Ort, den man so schnell nicht vergisst."

Felix lächelte höflich, doch er fühlte sich zunehmend unbehaglich. Der Gedanke, hier die Nacht zu verbringen, um dann am Morgen weiterzugehen, erschien ihm plötzlich wie eine unverrückbare Entscheidung, eine Handlung ohne Rückkehr.

Die Frau stand auf und schüttelte den Staub von ihrem Kleid. „Wir haben nicht oft Besuch," sagte sie, und in ihrer Stimme lag ein schwerer Unterton. „Aber Sie sind willkommen, Herr..."

„Winter. Felix Winter."

„Ah, Herr Winter." Sie sprach seinen Namen mit einer Nachdenklichkeit aus, die in ihm ein vages Unbehagen weckte. „Ich bin Frau Grebe. Wenn Sie eine Unterkunft suchen, das Haus am Ende der Straße wird für Sie bereit sein."

„Danke, das ist sehr freundlich," sagte Felix, während er versuchte, das Gefühl abzuschütteln, dass hier etwas Ungewöhnliches, ja Unnatürliches im Spiel war. Doch Frau Grebe hatte sich bereits abgewandt und blickte erneut in ihre Zeitung, als ob seine Ankunft eine erledigte Angelegenheit sei.

Er machte sich auf den Weg zu dem Haus, das sie ihm gewiesen hatte. Es war ein altes Fachwerkgebäude mit einer Tür, die alt und massiv wirkte. Eine schwarze Katze saß auf der Schwelle und betrachtete ihn mit durchdringenden Augen. Als er näherkam, wich sie nicht zurück, sondern musterte ihn, als schiene sie ihn zu beurteilen.

Kaum hatte Felix die Tür geöffnet, fiel ihm die Kühle des Hauses auf. Die Luft im Inneren war still und schwer, wie die in einem Gebäude, das jahrelang abgeschlossen geblieben war, und doch schien alles ordentlich und vorbereitet. Ein einfaches Bett, ein Nachttisch mit einer Petroleumlampe und eine Kommode – die Einrichtung wirkte, als hätte sie schon viele Reisende beherbergt. Ein Gedanke kam ihm, unbestimmt und flüchtig: Wie viele waren hier wohl zuvor schon gelandet?

Er ließ seine Hand über die Oberfläche der Kommode gleiten und bemerkte, dass sie vollkommen staubfrei war, trotz des Alters des Hauses. Es war fast, als würde jemand die Räume sorgsam für den nächsten Besucher vorbereiten, doch diese Vorstellung schob er beiseite. Der Schlaf würde gut tun, beschloss er und legte sich schließlich in das knarrende Bett.

Doch die Nacht brachte keine Ruhe. Die Dunkelheit im Raum war drückend, und Felix fand keinen Schlaf. Jede Bewegung, jedes leise Knarren der Holzdielen klang, als würden Schritte ihn von den Schatten her beobachten. Ein unangenehmes Gefühl kroch ihm den Rücken hinauf, und er drehte sich zur Wand, in der Hoffnung, die Beklemmung würde nachlassen. Da hörte er Schritte.

Leise, unmerklich, fast wie ein fernes Flüstern, schienen die Schritte in seinem Kopf zu widerhallen. Er schloss die Augen fest und hielt den Atem an.

Am Morgen war es Frau Grebe, die ihn mit einem seltsamen, fast wissenden Blick in ihrem Haus willkommen hieß. „Ich hoffe, Sie haben gut geschlafen?" fragte sie, doch ihre Augen blieben regungslos.

Felix nickte, auch wenn es nicht stimmte. „Ja, danke," murmelte er. Sie führte ihn in den kleinen Speisesaal, wo sich einige Dorfbewohner versammelt hatten. Sie aßen schweigend und warfen ihm verstohlene Blicke zu, wie Akteure in einem Stück, das nur für ihn inszeniert worden war. Das Frühstück bestand aus dickem, frischem Brot und Honig, der so golden glänzte, dass Felix sich nicht sicher war, ob das alles wirklich so simpel war, wie es schien.

Als er die ersten Fragen stellte – harmlose Fragen über das Dorf und seine Bewohner – wurde ihm klar, dass die Antworten fast mechanisch, ja, einstudiert klangen. Jeder schien nur das Nötigste preiszugeben, als ob sie eine Rolle spielten, die sie einstudiert hatten.

„Und wie lange leben Sie schon hier?" fragte er schließlich einen älteren Mann mit verschränkten Armen und strähnigem Haar, der ihn seit seiner Ankunft unverhohlen anstarrte.

„Lange genug, um zu wissen, dass es hier keine Zufälle gibt," erwiderte der Mann mit einem spöttischen Lächeln. „Und was führt Sie her?"

„Ein Spaziergang, nichts weiter." Felix sah dem Mann ins Gesicht, das sich bei seiner Antwort kaum regte.

Der Mann nickte langsam. „Das sagen viele, die kommen."

Die Bemerkung ließ Felix innehalten. Bevor er weiterfragen konnte, zog ihn eine Hand an der Schulter zur Seite. Es war Frau Grebe. „Wir werden uns bald wiedersehen, Herr Winter," sagte sie mit einer Bestimmtheit, die keine Frage duldete.

Kapitel 2: Der Fremde wird zum Vertrauten

Die Nacht in Dümmer verging, doch Felix empfand keinen Schlaf, nur eine rastlose Wachsamkeit, die ihn daran hinderte, die Augen zu schließen. Immer wieder spürte er den Drang, aufzustehen, die knarrenden Bodendielen unter seinen Füßen zu spüren und sich zu vergewissern, dass er wirklich hier war – in einem Haus, das wirkte, als würde es seit Jahrzehnten auf seine Ankunft warten. Kaum ein Hauch frischer Luft drang durch das kleine Fenster in sein Zimmer, und die stickige Stille drückte auf seine Brust wie das Gewicht einer unsichtbaren Last.
Kurz nach Sonnenaufgang, als ein bleiches Licht durch das Fenster fiel, beschloss er, das Dorf weiter zu erkunden. Es war, als hätte die Nacht einen Schleier auf seine Gedanken gelegt, einen Nebel, der nur durch das Eindringen des neuen Tageslichts zu lichten war. Die Bewohner wirkten nun wie Schatten, die ihre Rollen auf der Bühne spielten und mit jeder Bewegung die Gestalt wechselten, als könnten sie sich stets neu formen. Felix hatte sich selten so fehl am Platz gefühlt. Während er durch die Straßen schlenderte, fiel ihm auf, dass die Dorfbewohner ihn nicht nur höflich begrüßten, sondern ihn nun auch gezielt ansprachen. Ein älterer Herr mit einem zu großen Hut hielt ihn auf und fragte beiläufig nach den neuesten Nachrichten aus der Stadt, als sei Felix ein alter Bekannter. Die Fragen waren merkwürdig präzise: „Gibt es Neues von den Banken? Wie steht es um den Straßenbau?

Haben Sie gehört, dass das Museum in der Stadt kürzlich neue Exponate ausgestellt hat?"
Felix blieb stehen und antwortete zögernd, doch seine Verwunderung wich einem leichten Unbehagen, als er merkte, dass die Leute aus Dümmer tatsächlich jeden seiner Sätze förmlich in sich aufsogen. Es war, als ob sie jedes Wort studierten, um daraus etwas Eigenes zu machen. Er fühlte sich wie ein Instrument, das sie spielten, eine Quelle des Wissens, die sie gewissenhaft anzapften, ohne dabei eine Miene zu verziehen. Ihre Blicke hatten etwas Suchendes, etwas Gieriges, das Felix irritierte.
In diesem Moment tauchte eine Gestalt auf, die ihm schon am ersten Tag ins Auge gefallen war: Theo, ein Junge von vielleicht zwölf Jahren, der ihn mit einer Ernsthaftigkeit musterte, die für sein Alter untypisch war. Theo schien die einzige Person im Dorf zu sein, die Felix nicht mit den Fragen bedrängte, sondern ihn nur still und aufmerksam beobachtete.
„Sie wollen bald wieder gehen, oder?" fragte Theo unvermittelt, ohne Vorwarnung und ohne die sonst so höfliche Einleitung der Erwachsenen. Seine Stimme hatte einen harten Tonfall, der im krassen Gegensatz zu seiner jungen Gestalt stand.
„Ja," antwortete Felix zögernd. „Ich wollte eigentlich nur eine Nacht hier verbringen."
Theo lächelte, doch sein Lächeln war verschlossen. „Niemand verlässt Dümmer nach nur einer Nacht. Jedenfalls hat das schon lange niemand mehr getan."

Felix wollte nachfragen, doch Theo war bereits verschwunden, als hätte er seine Worte wie einen Tropfen Gift hinterlassen und sich dann zurückgezogen. Felix schüttelte den Kopf und setzte seinen Weg fort, doch Theos Worte hallten in ihm nach wie das Echo einer Warnung, die sich immer weiter in seinen Gedanken verfing.

Er ging weiter zur alten Kapelle, die ihm am Vortag aufgefallen war. Der Anblick des steinernen Gebäudes weckte etwas in ihm – eine merkwürdige Faszination, die ihn nicht losließ. Die Kapelle war von einer kleinen, verwitterten Mauer umgeben, und das Tor stand weit offen, als ob es jeden willkommen heißen würde, der sich hereintrauen wollte.

Das Innere der Kapelle war kühl und still, und eine schwere Dunkelheit lag über den Wänden, die von jahrhundertealtem Staub und Kerzenwachs gezeichnet waren. Felix entdeckte eine Reihe von Bänken, die im Halbkreis um einen schlichten Altar standen, auf dem ein großes, in Leder gebundenes Buch lag. Es wirkte fast wie ein Relikt, als ob die Zeit in diesem Raum stehen geblieben wäre.

Er näherte sich vorsichtig und öffnete das Buch. Die Seiten waren handschriftlich beschriftet, in einer altmodischen, fast krakeligen Schrift. „Chronik der Besucher" stand auf der ersten Seite, und darunter eine Liste von Namen, gefolgt von Daten und Orten. Felix blätterte weiter, bis er auf einen Eintrag aus dem Jahr 1938 stieß: *Julius Kremer, Hannover.* Die Handschrift wirkte wie eingraviert, als wäre sie nicht einfach mit Tinte geschrieben, sondern förmlich in die Seiten geritzt.

Er blätterte weiter und bemerkte, dass die Einträge immer wieder von einer Handschrift in die nächste wechselten. Es war, als ob jede Generation ihre eigenen Besucher verzeichnet hätte, Menschen, die aus den unterschiedlichsten Orten und Zeiten in dieses Dorf kamen und von denen danach jede Spur verschwand. Die letzte Eintragung war vom Monat davor: *Dr. Klaus Neumann, Berlin.* Felix konnte die blasse Furcht nicht unterdrücken, die ihm in den Nacken kroch. Wieso schien jeder Besucher in den Chroniken von Dümmer zu „verschwinden"? Und wer führte diese Einträge? Plötzlich fiel ihm auf, dass jemand hinter ihm stand. Er drehte sich um und sah Frau Grebe im Türrahmen stehen, die Augen aufmerksam auf ihn gerichtet.

„Das alte Buch hat viele Geschichten zu erzählen," sagte sie mit einer Stimme, die leise war, aber in der Stille der Kapelle wie ein Flüstern der Wände selbst wirkte. „Viele unserer Besucher haben ihre Spuren hinterlassen."

„Und was ist mit ihnen passiert?" fragte Felix, seine Stimme zitterte ein wenig. Er versuchte, ruhig zu bleiben, doch er spürte, dass etwas Unheilvolles in der Luft lag.

„Nun, sie gingen ihren Weg, wie es alle tun," erwiderte Frau Grebe ausweichend und trat näher. „Sie hinterließen ihre Geschichten, und wir behalten sie. Das Wissen ihrer Zeit, die Erinnerungen an Orte, die wir nicht sehen... Sie lassen uns wachsen."

„Was meinen Sie damit?" fragte Felix verwirrt, doch er spürte, dass er die Antwort vielleicht schon kannte, auch wenn er sie nicht begreifen konnte.

„Herr Winter," begann Frau Grebe und legte ihm eine Hand auf die Schulter, die sich überraschend fest anfühlte. „In Dümmer... vergeht die Zeit anders. Wir sind alt, Herr Winter, sehr alt. Älter, als Sie sich vorstellen können. Doch die Welt da draußen ist schnell, immer im Wandel. Sie wissen mehr, als Sie zu glauben bereit sind, und jedes Wissen ist ein Stück Leben."

Felix wich zurück und löste sich aus ihrem Griff. Es war, als hätte sie seine Gedanken gelesen, seine Erinnerungen durchforstet. Ihm wurde klar, dass die Dorfbewohner ihn nicht nur beobachteten, sondern ihn absichtlich festhielten, wie ein Insekt im Netz einer Spinne. Sie sammelten Informationen, nahmen das Wissen auf, als wäre es Nahrung, die sie am Leben hielt.

„Sie halten mich hier fest," sagte Felix, mehr zu sich selbst als zu Frau Grebe, die nun lächelte, ein Lächeln voller dunkler Zufriedenheit.

„Man könnte es so sagen," erwiderte sie ruhig. „In gewisser Weise sind Sie ein Gast, in anderer Weise... sind Sie Teil von etwas Größerem. Jeder Besucher bringt ein Stück seiner Welt mit, und wir... halten es fest."

Felix wandte sich ab und rannte aus der Kapelle. Die frische Luft schlug ihm entgegen, doch sie fühlte sich erstickend an. Die Straßen von Dümmer lagen menschenleer da, die Fenster der Häuser waren verschlossen, als würde das Dorf seinen Atem anhalten. Nur ein Gedanke schoss

ihm durch den Kopf: Er musste entkommen,
bevor ihn das Dorf vollends in seinen Bann zog.
Doch so sehr er rannte, die Häuser von Dümmer
schienen sich vor ihm zu verschieben, die Straßen
verwandelten sich in endlose Schleifen.
Schließlich blieb er außer Atem stehen, während
das Dorf ihn mit seiner stummen Präsenz umfing,
als wäre er ein Teil eines alten, unausweichlichen
Plans.

Kapitel 3: Der verborgene Plan

Die Kälte des Dorfes kroch in Felix' Knochen, als er sich erneut umblickte. Die stillen Straßen, die reglosen Häuser, die leeren Fenster – alles schien ihn zu umzingeln, wie ein stilles Publikum, das auf seinen nächsten Schritt wartete. Die Realität begann sich wie ein Labyrinth um ihn zu winden, und das Dorf schien ihn unaufhörlich tiefer in seine Dunkelheit zu ziehen.
Sein Herz raste, als er zu dem Haus zurückkehrte, in dem er übernachtet hatte. Kaum war er eingetreten, bemerkte er ein fremdes, kaum wahrnehmbares Summen, das durch die Wände zu dringen schien. Es klang, als würde das Haus atmen, als ob die Stille selbst etwas Unheimliches verbarg, das ihm bislang entgangen war. Schnell ging er zu seinem Zimmer hinauf und lehnte sich keuchend an die Tür, die Hände zitternd.
Dann erinnerte er sich an die seltsame Bemerkung von Frau Grebe: „In gewisser Weise sind Sie ein Gast, in anderer Weise... sind Sie Teil von etwas Größerem." Diese Worte hallten wie ein Echo in seinem Kopf nach, und ein Gefühl des Entsetzens packte ihn, als er an die Chronik dachte – an die unheimliche Liste von Namen, die scheinbar alle dasselbe Schicksal erlitten hatten.
Er durchsuchte das Zimmer, in der Hoffnung, einen Anhaltspunkt zu finden, irgendetwas, das ihm erklären konnte, was hier vor sich ging. Als er die kleine Kommode neben dem Bett durchstöberte, fand er eine lose Dielenplanke unter dem Teppich. Er zögerte kurz, dann schob

er die Dielen vorsichtig zur Seite und entdeckte
darunter einen schmalen Spalt, in dem ein kleiner
Lederbeutel verborgen war.
Er öffnete den Beutel und fand darin ein
zerfleddertes Notizbuch, das einen muffigen,
modrigen Geruch verströmte, als wäre es seit
Jahrzehnten dort verborgen gewesen. Die Seiten
waren vergilbt und fleckig, doch die Schrift
darauf war deutlich lesbar. Der erste Eintrag war
mit einer krakeligen Handschrift geschrieben:
„Julius Kremer, 1938 – Dümmer".
Felix blätterte weiter, und mit jeder Seite wuchs
sein Unbehagen. Die Notizen schienen von
Verzweiflung getränkt zu sein, und die Worte
klangen, als ob sie in Eile geschrieben worden
waren. Julius hatte offenbar das gleiche Gefühl
der Gefangenschaft gespürt und seine
Gedanken in dieses Notizbuch verbannt. Ein
Eintrag schien besonders eindrücklich:
*„Das Dorf... sie kennen alle Details der Außenwelt.
Sie nehmen jede Information auf, jedes Detail,
das sie von den Besuchern erfahren. Aber wofür?
Ich spüre, dass sie mehr wissen als ich, dass sie mir
jeden Gedanken zu entreißen scheinen. Etwas
treibt sie an, und ich glaube, es ist weit älter als
das Dorf selbst. Es fühlt sich an, als sei Dümmer ein
Ort jenseits der Zeit, ein Ort, der sich von unseren
Gedanken und Erinnerungen nährt."*
Felix schauderte, doch er las weiter, getrieben
von einem seltsamen, morbiden Drang, das
Rätsel zu verstehen.
*„Ich habe versucht zu fliehen, doch das Dorf
formt sich um mich herum wie ein Labyrinth, das
mich einfängt. Die Straßen verlaufen immer in*

denselben Schleifen. Es gibt keinen Ausgang. Ich weiß nicht, wie lange ich noch sicher bin. Der letzte Fremde... niemand spricht über ihn, aber ich kann seine Spuren fühlen."

Das Notizbuch endete abrupt. Felix starrte auf die letzten Worte und fühlte die Panik, die zwischen den Zeilen lag, als wäre sie ein Echo, das über Jahrzehnte auf ihn gewartet hatte. Julius hatte die Wahrheit gespürt, doch er hatte keine Antworten gefunden – und Felix wusste, dass auch er bald in das seltsame Netz des Dorfes gesponnen würde, wenn er nicht einen Ausweg fand.

In diesem Moment hörte er Schritte im Flur. Langsam, bedächtig. Die Schritte hielten vor seiner Tür an, und ein flüchtiger Schatten schien unter der Tür hindurchzugleiten. Felix hielt den Atem an, das Notizbuch fest an seine Brust gedrückt. Es klopfte, einmal, leise und bestimmt.

„Herr Winter?" Die Stimme von Frau Grebe klang so sanft und unheimlich wie zuvor. „Es ist Zeit."

Er öffnete die Tür einen Spalt und sah ihr leeres, ausdrucksloses Gesicht, das ihn aus dem Halbdunkel heraus ansah. Sie hob eine Lampe und beleuchtete sein Gesicht, als wolle sie sichergehen, dass er noch an Ort und Stelle war.

„Zeit... wofür?" fragte Felix, doch er ahnte, dass er die Antwort nicht wirklich wissen wollte.

„Zeit, um zu verstehen." Sie schob die Tür ganz auf und bedeutete ihm, ihr zu folgen. Es war keine Bitte, sondern eine stumme Forderung, der er sich nicht entziehen konnte.

Felix folgte ihr durch die Flure des Hauses und hinunter in den kalten, muffigen Keller. Die

Wände waren feucht, und der schwache Schein
der Lampe warf gespenstische Schatten auf die
rohen Steinmauern. Frau Grebe blieb schließlich
vor einer schweren Holztür stehen, die von
altmodischen Eisenschnallen gehalten wurde.
„Das ist unser Archiv," erklärte sie, als ob sie ihm
die Annehmlichkeiten eines Hotels vorführte. „Hier
bewahren wir all das auf, was die Besucher
mitbringen. Jede Erinnerung, jede Geschichte,
jedes Detail der Außenwelt."
Felix spürte, wie sich eine Gänsehaut über seinen
ganzen Körper zog. „Sie sammeln... die
Erinnerungen der Besucher?"
„Ja, jede einzelne." Frau Grebes Stimme klang
fast zärtlich, als ob sie von etwas Heiligem sprach.
„Wir sind nicht wie andere Menschen, Herr Winter.
Für uns vergeht die Zeit nicht. Hier in Dümmer sind
wir in einem Kreis gefangen, ein Kreislauf, der uns
erhält und uns schützt. Doch dieser Kreislauf
verlangt nach Nahrung."
Felix wich zurück, seine Hand tastete nach der
Klinke der Tür, doch Frau Grebe hielt ihn fest.
„Ihr Wissen, Ihre Erinnerungen – sie sind für uns wie
ein Feuer, das uns wärmt und uns am Leben
erhält. Ohne das Wissen der Außenwelt würden
wir zu Staub zerfallen, als hätten wir nie existiert.
Jeder von uns hat in diesen Archiven eine kleine
Sammlung... ein Stück der Welt, die uns sonst
verschlossen bleibt."
„Und was passiert mit denen, die ihre
Erinnerungen an Sie geben?" fragte Felix und
spürte, wie seine Stimme zitterte.
„Sie werden ein Teil von Dümmer. Ihre Gedanken,
ihre Erlebnisse fließen in uns ein, und ihr Körper...

verliert seinen Zweck." Ihr Blick war kalt, emotionslos, als würde sie über etwas Alltägliches sprechen.

Frau Grebe öffnete die schwere Holztür, und Felix erhaschte einen Blick auf den Raum dahinter. Regale voller Notizbücher und Gegenstände, Fotografien, Briefe, Karten, und überall hingen kleine Etiketten mit Namen – Namen, die aus einer anderen Zeit stammten, Namen, die in der Chronik des Dorfes verzeichnet waren.

„Diese Menschen leben in uns weiter," flüsterte sie. „Ihre Erinnerungen sind unser Erbe, unser Wissen. Ohne sie wären wir längst vergessen."

Felix wandte sich ab, das Entsetzen pochte wie ein zweites Herz in seiner Brust. „Ich will gehen," sagte er entschlossen, doch Frau Grebe ließ ihn nicht los.

„Herr Winter, das ist nicht mehr Ihre Entscheidung. Sie haben das Wissen mit uns geteilt, Ihre Gedanken, Ihre Erfahrungen. Sie sind nun ein Teil von Dümmer, wie alle anderen Besucher vor Ihnen."

In einem letzten verzweifelten Versuch riss Felix sich los und rannte durch den Keller zurück in die obere Etage. Die Schritte hinter ihm schienen zu verschwimmen, doch die Enge des Hauses, die dichte Luft und die unaufhörlichen Blicke, die ihn aus den Schatten zu verfolgen schienen, ließen ihn taumeln. Als er den Ausgang erreichte und die frische Luft einatmete, wusste er, dass seine Flucht kurz sein würde.

Die Dorfbewohner hatten sich versammelt, sie standen in einer Reihe, ruhig und gelassen, wie Figuren eines Gemäldes, das in den düsteren

Gängen eines Museums hing. Ihre Blicke waren starr auf ihn gerichtet, ausdruckslos und doch voller Erwartung.

Er stieß ein Schrei der Verzweiflung aus und rannte, so schnell seine Beine ihn trugen. Die Straßen verschwammen, die Häuser wanden sich um ihn, doch er lief weiter, ohne zurückzublicken, getrieben von der Angst, die ihn erfasst hatte wie eine Krankheit.

Doch so oft er auch rannte, jede Gasse, jeder Weg führte ihn zurück ins Zentrum des Dorfes, zu den erwartungsvollen Gesichtern der Bewohner, die ihn umringten, als hätten sie nur darauf gewartet.

„Es ist sinnlos, Herr Winter," flüsterte Frau Grebe, als sie nähertrat. „Dümmer ist kein Ort, den man einfach verlässt. Sie sind ein Teil von uns geworden, ein Teil dieses Kreislaufs." Ihre Stimme war sanft und doch unerbittlich, wie eine eiserne Klinge, die sich in Samt gehüllt hatte.

Felix spürte, wie ihn die Kälte der Erkenntnis durchdrang. Es gab keinen Ausweg, keinen Ort, an dem er sich verstecken konnte. Die Straßen, die Häuser, die unbarmherzigen Gesichter – alles wirkte wie ein stilles, aber unaufhaltsames Urteil. Langsam, wie in Trance, senkte er den Kopf und sah seine Hände an, die schweißnass und zitternd waren.

Doch er wollte sich nicht kampflos ergeben. Er hatte immer an den freien Willen geglaubt, an die Fähigkeit des Menschen, sein Schicksal zu ändern, und diese Hoffnung brannte noch wie eine kleine Flamme in ihm.

„Was wollen Sie wirklich von mir?" fragte er und hob den Kopf, um Frau Grebe in die Augen zu sehen. „Sie haben doch schon alles Wissen der Welt in sich aufgenommen, alles, was andere vor mir mitgebracht haben. Warum kann ich nicht einfach gehen?"
Frau Grebe lächelte traurig und legte eine Hand auf seine Schulter, als wäre er ein unbelehrbares Kind, das die Natur eines ewigen Kreises nicht begreifen konnte. „Dümmer existiert nur, weil wir das Wissen bewahren, weil jeder, der kommt, das seine beiträgt und damit den Kreislauf erneuert. Unsere Existenz, unsere Zeitlosigkeit ist gebunden an das Wissen, das jeder Besucher mit sich bringt. Ohne es würde alles zerfallen, die Häuser, die Straßen – wir selbst würden vergehen wie Staub." Sie machte eine Pause und sah ihm in die Augen, als ob sie sicherstellen wollte, dass er die Tragweite ihrer Worte begriff. „Sie verstehen, Herr Winter, wir sind die Erinnerungen derer, die vor uns hierhergekommen sind. Jeder von uns ist nicht mehr als ein Sammelsurium aus den Gedanken und Erfahrungen, die uns die Besucher gegeben haben. Wir haben kein eigenes Leben, keine eigene Vergangenheit. Alles, was wir sind, ist nur die Summe derer, die hierherkamen, bevor sie starben."
Ein Schauder lief Felix über den Rücken. Er verstand jetzt, dass die Dorfbewohner nicht nur die Geschichten der anderen lebten – sie waren nichts anderes als ein Konstrukt, eine Art Gefäß, das sich mit den Gedanken und Erinnerungen anderer füllte. Sie waren Gefangene eines

ewigen Kreislaufs, aus dem es kein Entkommen
gab.
„Und Sie," fuhr sie fort, „Sie sind der nächste, der
unser Dorf mit neuem Wissen füllen wird. Ihre
Gedanken, Ihre Erfahrungen, sie sind die
Nahrung, die uns erhält."
Felix wich einen Schritt zurück, sein Körper
angespannt, als wolle er sich jeden Moment zur
Flucht wenden. „Nein," sagte er leise und dann
lauter, „ich werde nicht… Ich werde nicht ein Teil
dieses Wahnsinns!"
Die Dorfbewohner bewegten sich langsam auf
ihn zu, ein undurchdringlicher Kreis, der sich enger
und enger schloss. Sie hatten ihn umzingelt, ihre
Gesichter leer, und doch strahlten ihre Augen
eine merkwürdige Intensität aus, die wie Hunger
wirkte – ein Hunger, der weit über das Physische
hinausging.
Felix fühlte, wie sein Herz schneller schlug, ein
dumpfes Hämmern, das seinen ganzen Körper
durchzog. Er musste handeln, jetzt oder nie. Mit
einem Aufschrei stürzte er vorwärts und bahnte
sich seinen Weg durch die Menge, schlug und
stieß, während er versuchte, den Kreis der
Dorfbewohner zu durchbrechen.
Er stolperte, fiel auf die Knie, doch er rappelte
sich wieder auf und rannte weiter, das Blut
rauschte in seinen Ohren, und sein Atem ging
stoßweise. Er wusste nicht, wohin er lief, er wusste
nur, dass er entkommen musste.
Schließlich erreichte er den Rand des Dorfes, die
alte Kapelle, die er am Vortag besucht hatte. Er
wusste instinktiv, dass dies der Ursprung des
Kreislaufs war, der Ort, an dem sich die

Geheimnisse des Dorfes konzentrierten. Die Tür stand offen, und ohne zu zögern, stürzte er sich hinein.

Drinnen herrschte eine unheimliche Dunkelheit, doch sein Blick fiel sofort auf den Altar in der Mitte des Raumes. Das große Buch, das er bereits gesehen hatte, lag offen, und die Seiten schienen sich von selbst zu blättern, als ob eine unsichtbare Hand durch die Chroniken der Toten fuhr. Die Namen, die Orte, die Daten – alles flimmerte vor seinen Augen wie ein endloser Strom von Seelen, die in Dümmer gefangen waren.

Felix griff nach dem Buch, seine Hände zitterten, und er riss die Seiten heraus, als ob er die Erinnerungen und das Wissen damit zerstören könnte. Doch die Seiten schienen sich selbst zu erneuern, die Namen kehrten zurück, als ob sie in die Essenz des Dorfes selbst eingebrannt waren. In diesem Moment hörte er die Schritte hinter sich. Die Dorfbewohner hatten ihn verfolgt und standen nun schweigend im Eingang, ihre Augen auf ihn gerichtet, ein lebender Kreis aus Schatten, die ihn erwartungsvoll anblickten. In ihrer Mitte stand Frau Grebe, ihre Miene sanft und unbarmherzig zugleich.

„Es hat keinen Sinn, Herr Winter," sagte sie mit ruhiger Stimme. „Jeder, der hierherkommt, bleibt ein Teil von uns. Sie können kämpfen, doch Sie können den Kreislauf nicht durchbrechen. Die Erinnerungen werden immer zurückkehren."

Felix blickte verzweifelt in das Buch, dann auf die Dorfbewohner, die ihm näherkamen. Ein Gedanke schoss ihm durch den Kopf – was, wenn er sie in ihren eigenen Erinnerungen gefangen setzte? Was, wenn er die Dorfbewohner mit dem Wissen konfrontierte, das sie selbst so lange festgehalten hatten?

Mit einem letzten Funken Entschlossenheit schlug Felix das Buch auf und begann laut die Namen der letzten Einträge vorzulesen. „Julius Kremer, 1938! Dr. Klaus Neumann, Berlin! Max Hofer, München!"

Die Dorfbewohner zuckten zusammen, ihre Gesichter verzerrten sich, als ob die Namen sie körperlich trafen. Einige der älteren Dorfbewohner hielten sich die Ohren zu, und ein leises Murmeln ging durch die Menge, als die Namen eine längst vergessene Erinnerung in ihnen wachzurufen schienen. Es war, als ob die Worte die Fassaden durchbrachen und die ursprünglichen Gedanken und Erinnerungen der verlorenen Seelen hervorbrachten, die sie so lange unterdrückt hatten.

„Nein," flüsterte Frau Grebe und streckte die Hand aus, als ob sie die Worte aufhalten könnte, „das darf nicht sein!"

Felix fuhr fort, lauter, mit jedem Namen, den er vorlas, und die Dorfbewohner begannen zu wanken, ihre Gestalten schienen zu flimmern, als ob sie sich aufzulösen begannen. Ihre Gesichter verwandelten sich, wurden jünger, älter, und ihre Augen verloren die stumpfe Leere, die sie zuvor ausgezeichnet hatte.

Der Altar begann zu beben, das Buch glühte auf, und ein heller Lichtstrahl durchbrach das Dunkel der Kapelle, der Raum schien sich zu winden und zu krümmen. Ein unheilvolles Dröhnen erfüllte die

Luft, und Felix spürte, dass die ganze Struktur des Dorfes zu zerfallen begann.

„Sie können den Kreislauf nicht durchbrechen!" rief Frau Grebe verzweifelt, doch ihre Stimme klang nun hohl und fern, als ob sie bereits in den Abgrund gezogen wurde.

Felix trat einen Schritt zurück, seine Augen fest auf die taumelnden Gestalten der Dorfbewohner gerichtet, die sich vor ihm wie in einem Spukbild auflösten. Das Licht, das aus dem Buch drang, wurde stärker, und in einem letzten, blendenden Blitz verschwand alles.

Epilog: Der neue Morgen

Felix öffnete die Augen und fand sich inmitten einer stillen, verfallenen Ruine wieder. Die Kapelle war nichts mehr als eine Ansammlung von Steinen, und das Dorf war verschwunden – oder besser gesagt, es hatte nie existiert. Die Straßen, die Häuser, die Dorfbewohner, all das war verflogen, als ob es nur eine Illusion gewesen wäre, eine Täuschung, die über die Jahre in sich zusammengefallen war.
Er stand auf, sah sich um und spürte die Leere des Ortes. Nichts erinnerte mehr an Dümmer und seine unheilvollen Geheimnisse. Alles, was zurückblieb, war der schwache Abdruck eines Ortes, der durch das Wissen und die Erinnerungen anderer lebte und letztlich von diesen zerstört worden war.
Felix atmete tief durch. Der Nebel, der ihn gefangen gehalten hatte, war verschwunden, und die Welt um ihn herum wirkte so klar und frisch, als ob sie ihn nach Jahren der Gefangenschaft wieder willkommen heißen würde. Die Sonne brach durch die Wolken und wärmte sein Gesicht, und zum ersten Mal seit seiner Ankunft fühlte er die Freiheit, die ihn umgab.
Mit einem letzten Blick auf die Ruinen, die stille Zeugen eines verlorenen Geheimnisses waren, machte Felix sich auf den Weg zurück in die Welt, aus der er gekommen war – und ließ das Geheimnis von Dümmer für immer in der Vergangenheit zurück.

Erweiterung der Geschichte: Die verborgenen Beweise von Dümmer

Nach seiner Rückkehr versuchte Felix Winter, die Erlebnisse in Dümmer zu verarbeiten, doch der scharfe Eindruck der Dorfbewohner, die beklemmende Atmosphäre und das Verschwinden des Dorfes ließen ihn nicht los. Er begann, seine Erlebnisse niederzuschreiben, um einen Schlussstrich zu ziehen. Doch bald stellte er fest, dass er tiefer graben musste, um eine Antwort auf die quälende Frage zu finden:

War Dümmer wirklich nur eine Illusion oder existierten in der Geschichte Hinweise auf ein solches Dorf?
Felix begann mit akribischer Recherche, durchsuchte Archive und alte Kirchenbücher. Was er fand, zeichnete ein düsteres, faszinierendes Bild, das darauf hindeutete, dass Dümmer mehr war als nur eine unheimliche Begegnung.

Das Manuskript von 1682

In der Nationalbibliothek stieß Felix auf ein Manuskript aus dem Jahr 1682, das von einem reisenden Priester namens **Anselm von Graben** verfasst wurde. Anselm war bekannt dafür, dass er durch abgelegene Dörfer zog, um religiöse Unterstützung und Beichte zu bringen. In einem seiner Tagebucheinträge beschrieb er einen seltsamen Ort namens „Dymmer" in der Region Mecklenburg, ein Dorf, das „die Zeit nicht zu berühren scheint". Anselm schreibt:

„Das Dorf Dymmer ist ein Ort, der mich mit tiefem Unbehagen erfüllte. Die Bewohner waren höflich, doch ich fühlte, dass sie mich mehr beobachteten, als dass sie zuhörten. Sie schienen ein merkwürdiges Interesse an meiner Reise und den Begebenheiten der Außenwelt zu haben. Seltsam war, dass sie weder Altern noch Gebrechen zu kennen schienen, als ob sie in einem unnatürlichen Zustand der Jugendlichkeit gefangen seien."

Anselm sprach von einer „dunklen Kapelle" im Zentrum des Dorfes, in der er eine „Chronik der Besucher" entdeckte – eine Liste von Namen, die wie ein unheilvoller Nachruf wirkte. Der Priester floh schließlich aus dem Dorf, überzeugt davon, dass die Dorfbewohner sich von „den Gedanken und Erinnerungen" der Besucher nährten, und bezeichnete Dymmer als einen „Ort der Dunkelheit und des Wissens". Dieses Manuskript war das erste schriftliche Zeugnis, das Felix auf den Verdacht brachte, dass Dümmer in der Vergangenheit bereits in Erscheinung getreten war und eine lange Geschichte der Verlockung und des Verschwindens von Reisenden hatte.

Der verlorene Briefwechsel der Gebrüder Tauberg (1821)

Weiterhin entdeckte Felix eine Sammlung alter Briefe, die zwischen zwei Brüdern aus dem frühen 19. Jahrhundert verfasst wurden, den Gebrüdern **Hermann und Wilhelm Tauberg**, die als Kartografen und Wissenschaftler in Mecklenburg tätig waren. In einem dieser Briefe erwähnt Wilhelm:

„Hermann, ich habe nun endlich das Dorf gefunden, von dem die Bauern in unheiligen Flüstern sprechen. Dümmer ist ein seltsamer Ort, den die Karten nicht zu berühren wagen, als wäre er aus einer anderen Welt. Die Menschen hier leben ein Leben, das mir kalt und berechnend erscheint. Sie nehmen mich auf, doch ich spüre, dass ich hier nur als Beobachtungsobjekt willkommen bin."
Hermann antwortete auf diesen Brief mit einer eindringlichen Warnung, in der er schrieb, dass Wilhelm Dümmer schnellstens verlassen sollte, da das Dorf „jeden Einflüsterungen fremder Gedanken unterworfen sei, die es für eigene hielt". Dieser Briefwechsel wurde abrupt unterbrochen, und Wilhelm Tauberg verschwand spurlos, ohne je wieder Kontakt zu seinem Bruder aufzunehmen.
Historische Nachforschungen ergaben, dass Wilhelm Tauberg nach seinem letzten Brief in keiner Stadt oder keinem Dorf des Umlandes

mehr gesehen wurde. Hermann Tauberg verfasste Jahre später ein Werk über die „verlorenen Dörfer des Nordens", in dem er andeutete, dass Dümmer ein „Geisterdorf" sei, das von jenen besucht würde, die sich unwissentlich in ein Labyrinth der Zeit begäben.

Berichte der deutschen Besatzungstruppen aus dem Zweiten Weltkrieg

Eine dritte, besonders beunruhigende Entdeckung fand Felix in den Kriegsberichten eines deutschen Offiziers aus dem Zweiten Weltkrieg. Ein Bataillon hatte während der deutschen Besatzung in Mecklenburg den Auftrag, Gebiete abseits der Hauptstraßen zu durchkämmen. In den Aufzeichnungen des Offiziers **Karl Heine** ist Dümmer als seltsamer, „schattenhafter Ort" beschrieben, den die Soldaten auf ihren Karten nicht finden konnten. Heine berichtete, dass das Dorf „aus der Zeit gefallen" und seine Bewohner seltsam wissend und unberührt vom Kriegsgeschehen waren. Heine hielt fest:

„Wir blieben eine Nacht in Dümmer, doch es war, als ob wir Wochen dort verbracht hätten. Die Bewohner schienen über seltsame Neuigkeiten Bescheid zu wissen, von denen wir selbst kaum gehört hatten, und sie fragten uns aus wie Professoren, die ihre Schüler prüfen. Einige Männer behaupteten, sie hätten in den frühen Morgenstunden eigenartige Stimmen aus der Kapelle vernommen, die Namen flüsterten. Am Morgen war ein Soldat spurlos verschwunden,

*und keiner der Dorfbewohner schien überrascht
oder beunruhigt darüber zu sein."*
Der Bericht wurde bald nach dem Verschwinden
eines zweiten Soldaten abgebrochen, und das
Bataillon verließ das Dorf. Heine vermerkte später
in seinem Tagebuch, dass Dümmer ihn „wie eine
Falle aus Nebel und Erinnerung" gefangen hielt
und dass er niemals wieder von diesem Ort
sprechen wollte.

Archäologische Befunde – Die mysteriösen Strukturen von Dümmer

Nachdem Felix auf diese historischen Berichte
gestoßen war, suchte er schließlich nach
archäologischen Hinweisen auf den Standort von
Dümmer. In einem kleinen Museum in der Nähe
von Schwerin fand er schließlich eine
unscheinbare Sammlung alter Artefakte und
Dokumente, die bei Ausgrabungen in den
umliegenden Wäldern gefunden worden waren.
Die Sammlung enthielt alte Steintafeln mit
Inschriften, die offensichtlich nicht aus der Region
stammten.
Ein Archäologe, der diese Artefakte
katalogisierte, notierte:
*„Diese Steintafeln scheinen älter zu sein als alle
bekannten Siedlungsstrukturen in dieser Region.
Die Inschriften deuten auf eine Zivilisation hin, die
ein tieferes Wissen von Zeit und Raum hatte. Eine
der Tafeln zeigt eine kreisförmige Struktur, die als
Zeichen für einen ewigen Kreislauf interpretiert
werden könnte."*

Die Tafeln wurden auf das 14. Jahrhundert datiert, eine Zeit, in der sich in Mecklenburg die ersten Siedlungen formten. Doch was Felix besonders beeindruckte, war die Tatsache, dass die Steintafeln keinerlei Spuren von Abnutzung oder Verwitterung zeigten – als wären sie bis zum Zeitpunkt der Ausgrabung in einem unnatürlich frischen Zustand gehalten worden. Diese Tafeln, die angeblich aus der Region Dümmer stammten, deuteten darauf hin, dass die Dorfbewohner ein Wissen bewahrt hatten, das weit über das menschliche Verständnis hinausging.

Die verlorene Chronik von Dümmer

Das letzte und möglicherweise entscheidende Dokument, das Felix fand, war die sogenannte „Chronik von Dümmer", eine Sammlung von Berichten und Gerüchten, die in den späten 1800er-Jahren von einem örtlichen Historiker namens **Otto Meißner** zusammengestellt wurde. In dieser Chronik, die größtenteils aus Erzählungen von Wanderern und Kaufleuten bestand, wurde Dümmer als „das Dorf, das in der Zeit steht" bezeichnet.
Meißner schrieb:
„Dümmer ist kein Ort für die Lebenden, sondern für jene, die ihre Vergangenheit verloren haben und in der Gegenwart keinen Halt finden. Die Dorfbewohner selbst wissen um ihren Zustand, und sie bewahren die Geschichten und Erinnerungen der Fremden, um in einem unsterblichen Zustand zu bleiben. Sie werden von

den Erinnerungen anderer gespeist und streben nach einem Wissen, das die Zeit überdauern kann."

Meißner, der als rationaler und gründlicher Historiker bekannt war, verschwand nach Fertigstellung dieser Chronik ebenfalls und wurde nie wieder gesehen. Einige Historiker vermuteten, dass er Dümmer selbst aufgesucht hatte, doch niemand konnte seinen Verbleib jemals aufklären.

Felix' eigene Vermutung

Felix, mit all diesen historischen Berichten und Hinweisen konfrontiert, entwickelte seine eigene Theorie: Dümmer war kein gewöhnliches Dorf, sondern eine Art „Raum außerhalb der Zeit", ein Ort, an dem Erinnerungen und Wissen eine physische Macht hatten und die Existenz der Bewohner speisten. Die Dorfbewohner waren wie Gefäße, die durch das Wissen der Außenwelt existierten und die Gedanken ihrer Opfer in sich aufnahmen, um die Illusion eines Lebens zu bewahren.

All diese Berichte und Hinweise aus der Vergangenheit schienen das Unmögliche zu belegen: Dass Dümmer ein realer, lebendiger Spiegel war, der das Wissen anderer nutzte, um eine ewige, unheimliche Existenz zu bewahren. Felix erkannte, dass das Dorf und seine Bewohner über die Jahrhunderte gewandert sein mussten, eine Art Phantomexistenz, die nur in der Erinnerung und im Wissen derer bestand, die jemals in seinen Bann gezogen wurden.

Mit all diesen Erkenntnissen beschloss Felix, das Buch, das er geschrieben hatte, nicht zu veröffentlichen. Stattdessen vergrub er die Dokumente, die Notizen und seine Erinnerungen an Dümmer tief in seinem eigenen Archiv. Er wusste, dass die Geschichte von Dümmer für immer ein Geheimnis bleiben sollte, ein Mysterium, das nur in den Schatten der Geschichte überdauern durfte – und so blieb die Wahrheit um Dümmer verborgen, bereit, auf den nächsten Besucher zu warten, der sich unwissentlich auf den Weg machte.